KB234703

이순애

부산에서 태어나 시를 쓰고 있습니다.
성북장애인자립센터에서 문예활동을
시작해 공저 『이야기 조각보』에 참여했고,
『사다리 정원의 궁전』, 『꿈꾸는 새의 둥지
틀기』 등의 개인 시집을 펴냈습니다.
시 낭독회와 문학공연에 꾸준히 참여하
며, 사람들과 시로 소통하는 길을 이어
가고 있습니다. 삶의 조각들을 따뜻한
언어로 엮는 글을 쓰고자 합니다.

푸른감꽃

푸른감꽃

초로기마 시집

LIA & JESSE

차례

1부 부산의 봄 · 새싹 돋는 감나무

2부 서울의 여름 · 감꽃에 피는 사랑

4부 항상 푸른 겨울 · 창문에 비친 감나무

부산의 봄

새싹 돋는 감나무

몽당
색연필

빨간 정열 깊숙이 감춘 엄마는
사계절 삼시 세끼를 분홍빛
먹거리로 피워냈다

조금 모자라도 착한 아버지는
법 없이 살아갈 사람이지만
인정받지 못한 한이
검은빛 술로 폭발하고
다음날 깨진 가구 수습하며
하얗게 돌아오곤 했디

분홍이와 하얀이가
한 집에서 지지고 볶는 사이

가족은 복작복작 늘어가고

색도 알기 전 첫아들 하늘로 보내고

진녹색 큰언니와 연갈색 작은언니
그들은 정다운 날보다
싸우는 날이 더 많았다

작은 마루에서 보는 파란 하늘은
푸른 바다 꿈 키우는 내 색이고
똑 부러진 노랑이 동생은
다정다감한 친구였다

색연필 집은 딸부자가 되어
각자의 색으로 그림일기 같은
하루 또 하루가 가고...

시간 속 집은 낡아 부서지고
닳아져 몽당이 될 때

딸들의 색은 짙어져
각자의 세계로 멀어졌다

부모님 돌아가시고
정다운 집도 사라지니
함께 한 추억과 그리움
아쉬움 한 조각에 띄운다

시작은

내 인생 역사에
두 가지 큰 사건이 자리 잡았다

아들이라는 기대 속에
시계 놓고 기다린 이른 봄

딸이라는 사실에 알몸은
뜨거운 방바닥으로 꽂혔고

아름다운 가을 햇살 아래
홍시의 급체, 죽음의 몇 시간이

장애 원인이라 여겼는데
간난이 때부터 몸 한쪽만 움직였다고

친척 중 한 분이 말씀해 주었고
엉덩이 한쪽에 뒤틀린 흉터가 말해 주었다

그리운
기억

세월이 갈수록

희미해져 가는 기억 중에

아름다운 날 찾곤 하지요

그곳에는 항상 할아버지가 계시죠

따뜻한 날 등에 업고

마당의 대추를 따 주시던

얼굴은 가물가물하지만

몸이 안 좋으신 중에도

손주 챙기시던 마음을 느껴요

얼마 지나지 않아 다가온 슬픔, 분주함

시골 마당엔 많은 사람으로 북적이고

꼬맹이는 멍하니 작은방 귀퉁이에서

술 한잔하던 엿장수가 건네주는

엿 한가락에 어렴풋이 느낀 슬픔

장애와 동정을 처음 느꼈지요

추억 속 할아버지는 그리움입니다

우물 안
개구리

방과 마루
그리고 아담한 마당이
나 어릴 적부터
놀던 작은 세상이었어

파란 하늘 도화지 삼아
생각을 그림으로
곧잘 그리곤 했지만
우물 속을 벗어나진 못했지!

열 살 무렵 찾아온 라디오는
상상의 세계를 키웠고

형제들의 교과서와 책이
세상의 디딤돌이 되었으며

탈출을 꿈꾸는 어린 개구리는
무모한 실패를 맛보며
쌓아온 시간을 모아
자유의 사다리를 놓고

젊음의 용기는
도심의 중심을 찾고
세계를 점점 확장해서
우물 안에서 벗어났지

화려한 변신은 못해도
홀로서기의 기쁨을 누리며
힝싱 즐거운 마음으로
반짝이며 움직이다기

옛날이 그리우면 우물을 찾아
개굴개굴 노래하다 가곤 해

노예들의
　　　합창

포박당해 묶이고 끌려가
이름도 자유도 뺏기고
나의 의지와 무관하게
노예로 살아야 하는 쿤타킨테여!

자유로 향한 그의 의지에
자유 없는 내가 보여
가슴 아리네
나의 의지완 상관없이
집 지키는 강아지 되어
묶이지 않아도 갈 수 없고
앉아서 하는 일 내 일이며

다른 기회조차 없었지

어둠 속 미로에서 듣는 노래여
눈물이 볼을 타고 흘렀고
가슴은 터질 듯 벅차올랐지

자유를 노래하네
나의 소망, 나의 열망이여
그날을 위해 끊임없이 노래하여라

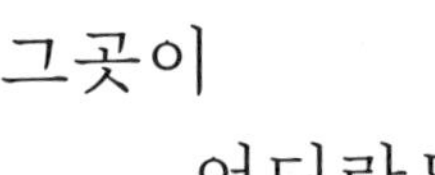

그곳이
어디라도 좋아

달팽이처럼 방안을 뱅글뱅글
마음은 밖이고 몸만 집이야
시시때때로 가출을 꿈꾸었지

사춘기가 한창 서럽던
그 어느날 새벽,
무작정 행동에 돌입했어

택시 올라탔지만 목적지는
입안에서만 맴돌고..
결국 경찰서를 처음 가 봤어

아버지 등 땀 냄새 맡으며
집으로 돌아올 때 가출에도
계획이 필요함을 알았지!

비전과 희망이 없는 집에서
멀리 도망가고 싶었어
그곳이 어디라도 좋아

새로움의 갈증에 목마르고
한 곳에 다소곳이 안주 못할 때면
지금도 가끔 가출의 충동이 일곤해

기다림의
시간도 견딜만했다

혼자서, 무리 속에서도
고독은 늘 친구 하자 찾아와

외로움 몽글몽글 피어올라
구름이 되어 모이고
방향 잃은 그리움, 애타는 마음
소나기로 쫙쫙 내리면

기다림도 때가 있으니
그리움 뒤에 피어나는
간절한 소망 꽃망울로 움트고

안절부절하는 마음
다독여 바람에 실으면
기다림의 시간도 견딜만했다

사계절은
잘도 흐른다

기와지붕 아래
방과 마루가 내 작은 세계

아담한 마당 맑은 하늘에서
사계절이 잘도 흘러가고

물오르는 나무에서 봄을 느끼고
푸름 무성한 여름이 절정을 맞으며

감 익고 나뭇잎이 물드는 날 지나
앙상한 가지는 하늘에 그림을 그렸고
축제처럼 김장에 메주콩 익어가고

연탄 들어오며 겨울은 긴 끝을 보였다

부모님 우리를 지켜 주셨고
계절은 항상 즐겁고 행복했다

연탄 들어오며 겨울은 긴 끝을 보였다

부모님 우리를 지켜 주셨고
계절은 항상 즐겁고 행복했다

내 꿈의
집

내가 사랑하는 집은 기와집이요
끝까지 살고 싶은 집도 기와집이다

자연 속 사찰이나 자연은
소박하면서도 얼마나 아름다운가?

촘촘한 기와에 날렵한 용마루
화사한 단청에 나무의 숨결이 있는 기둥

우아함과 고결함을 풍기는 문살에
숨 쉬는 하얀 창호지는 한국의 얼이다

그런데 말이다!
몸 불편한 사람 배려 빵점이다

가는 곳마다 계단이요 문턱이고
마당 경계조차 계단이다

댓돌에 신발을 정돈하고
대문도 턱을 넘어야 직성이 풀린다

계단으로 높은 곳에 집 지으면
세상이 돈짝만 해 보이나보다

단점 보완하고 장점 강조하여
나만의 한옥 짓기를 희망한다

사랑을
먹거리로
피웠습니다

엄마는 먹는 것에 정성을 들여
삼시세끼 한 끼도 거르지 않고
사랑을 먹거리로 피웠습니다

일 많은 맏며느리
집안 대소사와 다가오는 계절도
당신은 흥겨운 잔치로 만들었지요

형편이 어려워 자식들
배 곯릴 때 가슴 아팠다는 엄마
덕분에 우리는 사랑을 배웠습니다

어려운 시절 다라에 담겨 오던
풍성한 계절 과일의 향기로
먼저 배가 부르던 그리운 시절과

대 식구를 위한 큰 솥은 한 번씩
특별 음식을 위해 들썩였다지요
찰밥 야채찜 추어탕, 곰국 동지죽

남편 대신 행상을 시작한 당신
이고 다니는 다라에는 항상
식구들 먹거리가 먼저 자리하고

풍요로웠던 기억
엄마와 함께한 추억은
따뜻한 행복입니다

아픔이며
부정이다

장애를 보는 그들의 시선은

남의 인생을 자기 잣대로

할 수 없는 것, 못하는 것을

먼저 앞세우며 부정했다

너는 장애가 있어 아무것도 못 해

주는 대로 먹고 앉아서 하는 일만하고

시키는 대로 하고 착하기만 하면 돼

손은 바지런히 움직여도 발은 들러리였다

간절하게 스스로 나가고 싶고

세계를 경험하고 싶어도

억울하게 금지된 게 많아
가슴 속은 응어리가 가득찼다

밖에서 친구와 함께 놀지 못해도
구경은 할 수 있잖아
스스로 밖에 나갈 수 없더라도
누군가가 데려다 줄 때도 있잖아

안에서 같이 놀던 친구 사라져
안에서 홀로 놀며
길을 찾자 길을 만들자
내 길을 찾기 위해 생각 불 켠다

희망의 강물이
흐른다

어릴 때부터 장애를 가졌단 이유로
부정적인 편견에 많이 시달렸지
나의 자아가 아직 명확하지 않을 때

학교에 못 가, 직장을 가질 수 없어
결혼을 할 수 없어, 애도 못 낳아 등..
하더라도 최악이 항상 깔려 있었다

인생이 항상 똑같은 길로만 가란 법 있니?
혼자서 공부하고 돈 벌면 직업이지
결혼을 왜 못 해! 하면 되잖아
내가 실천으로 보여 줄게

나이 초월한 자신감 밑천으로
열심히 이상을 갖고 도전하면
희망의 강물이 도도히 흐른다

해운대

티브이에 나온 가고 싶은 곳
목록을 작성해 본다

혼자서 첫 나들이 하는 날
어디로 갈지 생각 하니
바닷가가 간절하다

확 트인 시원한 하늘과
파란 물의 수평선이
산보다 가깝게 느껴지고

따스한 봄날 설렘 안고

간 해운대 바닷가
얼마나 기다렸던가?

넓은 하늘과 흰 구름
펼쳐진 푸른 물결
연신 달려오는 하얀 파도

푹 담그진 못해도
가까이서 보려
노란 모래에 앉고

너를 느끼며
멍을 때리는
이 순간이 멈추어도 좋아

문

방에서 뱅글뱅글
봄 여름
가을 겨울

시간이 흐르며
내게도 하나둘
문이 열려

문이 하나 닫히면
새로운 문이 하나 열리고
조금씩 밖으로 걸음마 하네

장애인 모임과
야학도 다니게 되며
생활의 범위가 넓어져
혼자 다니게 되었다

이제는
진정한 자립을 위해
돈을 벌어야 했다

받지 못한
졸업장

우연히 찾은 중학교 야학
순수한 대학생 선생님과
어려운 환경의 부지런한 동기생들
왕언니가 되어도 재밌고 즐거웠다

2년 지나 검정고시 준비하며
소속된 초등학교 처음 가서
졸업 증명서 찾으러 왔다 하니
교장선생님과 면담하란다

운 좋게 초등학교 입학할 나이에
장애인 방문 교육이 시범적으로

시작되고 졸업과 동시에 사라진 제도
비정규직이라 공석일 때가 더 많은
수박 겉핥기식 공부였지만
졸업장 가지러 오라는 연락을 받았고
갈 사람이 없어 방치한 걸 이제 가니
목발 짚어 불편했지만 감개무량했다

교장선생님까지 만나서 좋았고
신기할 정도로 파일 보관이 잘 되어
감탄할 지경인데 당시 처리가 안 돼
미결이라 졸업장을 줄 수가 없단다
아무리 사정하고 호소해도 소용없었고
잘못되면 교장 자리까지 위험하단다
갓 입학한 아이들 하교하는 교문 나서며
얼마나 슬프고 초라하고 억울한지

"개떡 같은 세상 잘 먹고 잘살아라!"

전화위복

초등 방문 교육 혜택 받아서
그나마 행운이라 생각했는데

졸업장을 못 받으니
속상해도 아무 소용 없었다
처음부터 시작하는 수밖에

중등 야학에서 홀로 준비
동기생들 중등 검정고시 볼 때
초등 검정고시장으로 향했다

전화위복이라 했던가?

세월의 흐름 피부로 느끼며

기초 한번 확실히 다졌고

내 아이 가르칠 때 도움 되었다

학이시습지

때맞추어 배우면
기쁘지 않겠느냐?
항상 배움의 간절함에 목마르다

독학으로 다독이는 시간
방향 못 찾는 마음
채워지지 않는 욕망이여!

먹고 사는 게 먼저라
배움은 이방인처럼 서성이며
나올 생각을 못 한다
자리 잡으면 학이시습지 꼭 하자

푸른 심지

어떠한 난관이 있어도
포기하지 않는 마음과
순수한 열정이 있다면
앞날은 푸르리라

사철 늘 싱싱하고
굳건한 믿음 심으며
쓰러지지 않는 심지
마음에 두고

작은 희망 하나 키운다

등대

세상에 많은 학교는

나와 인연이 멀고

내 공부는

겪는 대로, 되는대로

보고 이해되면 내 것이었다

검정고시, 대안학교 후

더 늦으면 안 되겠다

방송대 노크를 하는데

첫 학기부터 쌍권총 두 개

용감하게 자랑했다

방송대로 정점 찍으며
학력 완성을 다짐해도
마음은 맨날 다른 곳
안 그래도 힘든 공부
졸업장이 오다가도 도망가겠다

재입학한 방송대 이번엔 꼭 정복하자!

제 2부

서울의 여름

감꽃에 피는 사랑

푸른 청춘

시장 바닥에서 장사하고
잡화 물건 방에서 기거한
초라한 날이지만

꿈과 희망이 있었기에
버틸 수 있는 시간 중
욥의 이야기에서 용기 얻는다

지금은 초라하지만
언젠기는 일이설 수 있을 기야
멋있는 사람을 꿈꾸던
그 시절이 푸른 청춘이었다

손안의 길

손 펴보면 바닥에 길이 많다
인생의 행로가 정해져 있고
생명과 운명과 성공이
손금으로 표현되기도 한다

옆으로 잔가지
곧게 뻗치기도 하며
인생을 쥐락펴락
앞날을 예견한다

손바닥 세계도 만만치 않아
세계 정복을 앞두고

누구는 손금 길이가 짧다고
칼로 길을 만들기도 했단다

해가 바뀌면 엄마는 으레 식구들
토정비결과 사주를 보고 왔는데
홀로 장애인이라 나쁘게 나왔고
엄마는 앵무새처럼 전해주었다

멋지게 한번 살아 보자
집 나올 때 팔자를 바꾸겠다고
엄마에게 말하고 다짐했다

엄마는 곧 인정했다
팔자도 만드는 것 같다고
이제는 사주가 좋게 나온단다
스스로 길을 만드는 지금이 최고다

말은 제주도,
사람은 서울로

옛날부터 말은 태어나면
제주도로 보냈단다

청춘일 때 도시의 중심에서
한번 살아봐야 하지 않겠냐고
객기가 발동될 때 서울 길 열렸다

장애인 자립회,
장사하는 곳이며
숙식 제공된다고

집에서 탈출할 수 있다면

불편한 잠자리쯤이야!
경제가 보장된다면
진흙이라도 빛만 보이면 되었다

일사천리로 부산과 작별
봄이 깊어 가는 어느 날
아는 사람 아무도 없는 곳에
두근두근 새 삶의 뿌리 내린다

밤 기차

꿈과 낭만을 찾아 처음 탔던 밤 열차

목적지 위해 다시 타니
사람들 잠에 깊이 취해있고

어두운 밤 풍경을 뒤로 하고
선로를 비치는 하나의 불빛으로

기차는 씩씩하게 잘도 달린다

삶을 향해 앞으로 달리는
새로운 길 찾는 나와 닮았네

우리 친구 되어 자주 달릴까?
밤을 달려 기차는 아침을 맞는다

코 벤다는
서울

"삼촌 저 서울 가기로 했어요."
서울에 이미 정착한 작은아버지께
보고 겸 안부를 전했다

"여기가 어디라고!
성한 사람도 코 벤다는 서울을
불편한 몸으로 어쩌려고 그러냐?"
"당장 내려가!"

생각해서 하는 말인 줄은
알지만 섭섭하고 속상했다
그 말에 내려갈 것 같았으면

애초 시작조차 안 했다

당분간 연락을 끊고
코 벤다는 서울 맛보기로 한다
'살아 보니 좋기만 하네'

아
한강

집 떠나온 지 며칠 만에
물 그립고 목마른 향수에 젖어

가까운 물 찾아가고 싶어도
아무도 데려다주지 않는다

싫다고 떠나온 고향이지만
물내, 짠내가 못내 그리워

다리 위로 그저 한 번만
달리게 해 달라고 졸라서 간

차에서 달리며 바라보는
나의 목마름이여!

지금은 슬픔이지만
언젠가는 마음껏 오리라

먼 훗날 내 의지로
가고 싶을 때 가고

오고 싶을 때 오리라
한 서린 다짐에 강물 응원한다

홀로서기

걸음마 시작 후
조금씩 밖으로 다닐 때

청년 장애인
모임을 소개받았다

모임에 간다고 하니 엄마는
미덥지 않아 따라나섰고

스물다섯이 넘어도 엄마 눈엔
아가로 보이는 모양이다

마냥 간섭하며 참견했고
창피하게 계속 쫓아다녔다

다들 내 또래 성인인데
나만 홀로 온실 속 꽃이었기에

엄마를 진정시켜야 했다
혼자 해내는 모습 보여줘야 해

몰래 나들이 날 잡아
아무도 못 오게 했다

따라오면 안 된다고 하며
잘 다녀왔다 자랑하니

그 후보는 자연스레 혼사 나녔다

목구멍이

포도청

중등 검정고시 합격 후

고등 과정을 공부하려니

기초는 딸리고 곧 삼십이라

목이 조여 오는 느낌

돈 생각에 공부 집중 안 되어

당분간 돈을 위해 살아 보기로 했다

드디어 때가 왔다

집을 떠나 한번 살아 보란다

경제 잡고 생활 안정시켜

다리 수술, 공부도 해야지

바라는 대로 순서대로 가자
그렇게 돈에 올인한다

장돌뱅이

인심 사납고 무섭다는 곳
사람 사는 곳 다 같지 않겠냐는
배짱 하나로 도착

서울이 삭막한 건가
새로운 환경이 서먹한 건가
적응이 쉽지 않아

무료하게 두리번거리며
잡념은 행동이 처방이라며
차로 일 시작이네

서울 구석구석 탐색하니
동네 가는 곳마다
인심 다르고 정 나눔도 다르네

장사는 고달파도
차 타고 다닐 때 좋고
적지만 돈 만질 수 있는
장돌뱅이는 행복하다

그래 지금부터야!

서울의
시간은 흐른다

일 갔다 오면 밥 먹고

자고 일어나면 또 일 나가고

오늘은 어느 시장으로 가 볼까

기사님과 목적지 정하면

그때부터는 즐거운 소풍 길

장터에 내리기 전까지 신난 드라이브

기사님 한바퀴 돌고 차에서 내리면

이 시장은 오늘 나의 일터가 된다

생필품과 생선, 고기와 과일, 야채 등

별별 것 다 있는 시장 안에
과일은 내게 계절의 변화 알려 주었고

딸기 나왔나 하면 자두 나오고
참외, 수박 보이네, 하면
사과 배 감 대추와 알밤까지
스치는 계절은 과일과 함께
서울의 시간이 흐르고 있었다

○○ 자립회

이문동 이층 조그마한 단독주택
지금은 희미한 기억으로
그 자리조차 찾기 힘들지만

네 개의 방 중 회장님 부부가 하나
학생이었던 딸내미가 하나 쓰고
남자 방 하나에 잡화 물건 방이 있었다

여자방이 따로 없어 물건 방에
혼자 겨우 잠만 잘 수 있었는데
내 뒤로도 몇 명이 거쳤다는 소문

회장님은 중도 중증 장애로

사모님이 모든 일을 관할 감독 책임졌고

방 제공 대신 물건값이 조금 비쌌다

지방이나 거처가 어려운 사람들이

어떻게 소문을 듣고 찾아와

남자 다섯 명 출퇴근하는 사람들까지

밥해주는 사람 차 가지고 오는 기사님

아침, 저녁 일 나가고 들어오며 붐볐고

낮은 대체로 조용했다

하나의 단체로 사회였지만

사람 관계는 무난하여 큰 탈 없이

각자 돈 벌며 바쁘게 흘러가고 있었다

일 년 만에 혼자 해 보려고 나간다 하니

들어갈 때는 환경 열악해도 좋다고 하더니

물건 팔아 줄 사람 줄어든다고 싫어했다

첫정이 고마워 인사라도 한 번씩 가며
인연 연결하고 싶었는데 그만두니 끝이고
세월의 변화에 그곳도 문을 닫았단다

초보는
용감했다

서울로 자리가 바뀌어도
아직 완전한 자유는 없었어
가고 싶은 곳 제약이 많았고
서울 지리, 경제도 부족했다

그때 남자들 사이에서
오토바이 붐이 일어나고
장사도 차가 아닌 오토바이로
다니는 사람들이 늘어났다

여자가 어디서 하는
무시하는 경향이 있었지만

믿어 주는 선배님 덕분에
오토바이를 만날 수 있었고

첫 만남의 신비하고
설레는 날개는
기쁘고 즐거운 마음
터질 것 같은 감격과 환희

떨리는 순간을 마주하고
운전 강의 후
혼자 골목을 뱅글뱅글 돌다
넓은 거리로 나선다

어디선가 "야!" 소리에
온몸은 진땀 흐르고
골목 들어와 들숨 날숨
땀 식히며 진정한다

처음부터 날개 꺾일 수 없어

다시 도전하여 거리로 나가

달리고 달려 점점 멀리 가고

엄지척도 받으며 날개는 빛났지

다시 도전하여 거리로 나가

달리고 달려 점점 멀리 가고

엄지척도 받으며 날개는 빛났지

독립

일 년 만에 드디어
장애인 자립회에서
독립하기로 마음먹고

그동안 모은 돈과
엄마에게 빌려 가겟방을 계약
가게는 마루 놓아 거실 겸 부엌

생애 처음 가져보는 내 방!
한적하고 싼 가겟방이지만
내 한 몸 눕히기엔 최적이었다

홀로 살아 보겠다고 하니
자립회에서는 미움을 받아도
이웃이 챙기는 배려에 힘 받고

하나하나 살림 장만 하며
예쁘게 꾸미는 맛에
신나서 기쁘게 일했다

새로운 에너지

사람의 욕심은 끝이 없다
곰곰 따지고 챙겨 이사를 해도

살다 보면 단점이 눈에 띄고
사정이 생기기도 해서

십 년을 살며
이사만 열 번은 한 것 같다

엄마는 서울을 다 살아 보려
그러느냐고 했지만

한곳에 정착 못 하는 게
어릴 때 억압된 한과

아직 이루지 못한 꿈을
새 시작으로 보상하려는 듯

이사를 꿈꾸면 희망과
힘이 생기며 에너지 솟는다

동그라미
달리다

스스로 마음대로
움직여 주지 않은 수족이
얄미워도 어쩔 수 없었다
희망을 놓고 싶진 않았어

시간 갈수록 찌그러지는 몸
자유는 그리움이며
스스로 살아가는 행복
오토바이로 신나게 달린다

안타까운 세월은 이제 안녕
즐거운 시간이 기다리는

자유를 가슴에 안으면
마음껏 달리는 날개여

동그라미는 거리로
부릉부릉 신났고
나의 구세주 친구가 되어
넓은 세계를 품에 안는다

삼천포

오늘도 장사 준비하며
지도책 보며 목적지 정한다

집을 나서고
차들 속에서 길을 헤매며

길을 잘못 들어섰는데
길이 볼수록 매력적이라

계속 가다 보니 삼천포
미로 속에 완전히 빠져

거리의 미숙자는
돌아갈 길 마저 막막하다

이래저래 시간은 다 가고
오늘 장사는 공쳤다

자연은
내 친구

자유업의 여유로
오늘은 마음 편하게
일 쉬며 한강 찾는다

물, 하늘, 바람
신나고 즐겁게 마음껏
심호흡하면 속이 시원하다

강가의 산책로 여유롭게
천천히 눈 맞추며 바라보면
모두가 사랑스럽다

시간 따라 계절 따라

마음도 새도 풀도 꽃도

보이는 모두가 아름다움이어라

방랑의 나그네

오토바이 노래

부릉부릉 흥얼흥얼 달린다

방황

사십을 앞둔 인생살이
마음 앓이 몸 앓이 다시 시작
늘어나는 번뇌와 갈등
갈피를 못 잡고 헤맨다

어떤 계기를 찾아서라도
다른 시작 해야 하는데
마음에 가득 찬 쳇 기
안개가 앞을 막아 깜깜하다

오늘도 끝없이 헤매다
돌아보니 저녁이고 밤

새로운 시작이 이렇게
어렵고 암흑이란 말인가?

앞날의 비전과 희망
향상된 생활과
성숙한 방향 찾는
진격의 파랑새는 목마르다

개구리도
옴 쳐야

변화를 바라는 마음
한 단계 나아지려는 열망

세상의 바닷속 나침반 없고
좌초는 단단하고 목표는 무뎌져

점점 웅크려지는 마음
일상생활까지 삼킨다

오늘은 내일은 다짐하며
많이 옴 칠수록 더 멀리 가야

꽁꽁 웅크려서 두리번두리번
어디로 튀어야 할까 관망한다

생활을 해도 하는 게 아니고
일상이 무너져 복구 심각할 때

저 멀리 등대 하나 깜박깜박
빛을 보내며 신호가 잡힌다

늦지 않았어

사십 한 살의 신랑, 사십의 신부
합동결혼식 꽃밭에 꼽사리 끼고

아름다움 한껏 뽐내며
언제 드레스 싫다고 해서

안 입혀 주었더라면
섭섭해 어쩔 뻔했니?

그렇게 새신랑 새신부 되어
새 희망, 꿈에 부푼다

축하하는 지인과 친구 속
마냥 행복한 인사가 바쁘고

생동하는 새봄에 우리
꿈의 싹을 틔우고

알콩달콩 사랑 나누며
혼자가 아닌 둘의 목표

시간 가는 줄 모르는
아름다운 설계로

늦깎이 부부는
신혼 단꿈에 젖는다

제 3부

짙어가는 가을

주홍으로 익는 감

마르지 않는

퍼내도 또 퍼내도

솟아나는 샘물처럼

영원히 마르지 않는

깊은 곳으로 흐르는

솟구치는 열정이여

아득한 곳에 싹틔우는

아름다운 그 이름을

믿음이라, 사랑이라 부르자

마음의 불 꺼지지 않기를

하나가 아닌

하나에서 둘이 함께

일어나고 얘기하고
일하며 서로를 챙긴다

심심하지 않아 참 좋네

형님 먼저 아우 먼저
상대를 먼저 챙기면

싸울 일 없고 화낼 일 없네
변치 말고 이렇게만 살자

오순도순 정답게 서로를 지키며
행복한 시간 오래오래 이어가자

간절한 염원의 씨앗 하나
신혼 초 가슴에 묻는다

고목에
꽃 피네

대기만성!

시작이 어려워 헤매다

늦게서야 사회로 나오니

만만치 않은 나이가

꼬리표로 따라다녔습니다

걸음마부터 공부, 직장

결혼은 생각도 없었는데

장애인은 결혼 안 해도

당연하다는 게 싫었습니다

봄에 새신부가 되어

늦은 나이에 새댁이 되고
알콩달콩 꼬숩은 깨도 볶으며
신혼의 일 년을 보냈습니다

장애인은 애가 없어도 된다는
고정관념을 바꾸기 위해
널리 알려진 한약방을 찾아가
사십 넘어 연년생 두 딸을
안으며 엄마가 되었더니

사람들은 고목에 꽃이 피었다 합니다

2+2=4

둘이서
알콩달콩 살다가
넷을 책임지려니
보람 있지만 벅찼습니다

어릴 때는
어린 대로 힘들고
자라니 크는 대로
어려운 점 많았습니다

몸은 자유롭지 않지만
씻기고 입히고 먹이는 일

뭐 하나 빠짐없이 챙기며
여기저기 함께해 행복했지만

엄마의 이상과 애들 성향 사이
시행착오도 많이 겪었고
많은 아픔과 힘든 시간을 서로
적응하기까지 시간이 필요했지요

우리도 힘들었지만
주위의 시선이 더 괴로워
이중의 고통을 겪었지만
이해와 배려로 타협 찾습니다

제2의 고향

신혼 일 년 만에 온
영구 임대 아파트에서
우리 가족은 완성되었다

좁은 공간에 맞는
가구를 찾아 최소의 공간을
최대로 활용하며 뿌리내리고

아파트 내 위치한 복지관은
우리의 일부가 되었다

이사 온 지 얼마 안 돼

기다렸던 큰애가 축복처럼 왔고
연달아 둘째가 품에 안겼다

안 그래도 시끄러운 경상도 사람 집엔
사람 사는 소리와 냄새가 끊이질 않았고
네 사람의 하모니는 사랑의 합창이다

복지관은 신랑의 활동 무대가 되었고
애들이 어릴 때부터 복지관에서
놀며 컸고 제2의 고향이 되었다

딸들의 어린 추억이 잠자는 곳
이제는 그곳도 많이 변하고
사람들이 많이 바뀌었지만

우리가 머문 추억은
영원히 남아 아름답다

딸이
둘이라 좋다

느긋한 성격, 늦은 시간만큼
조숙한 엄마는 장애인이라도
능숙하게 애들을 키워냈다

늦은 나이에 갖은 큰딸이
혹시 잘못될까 봐 노심초사
알을 품는다고 놀림받으며
공을 들여 낳았다

막내딸 때는 용감해져서
기쁘게 고향 나들이 했더니
언니들이 당장 없애자 해서

속이 많이 상하기도 했다

그랬거나 말거나 낳고 나니
큰 탈 없이 무럭무럭 자라
고마우면서도 아가 시절이
빨리 사라져 아쉬웠고

유아에서 어린이집
초등학교 갈 때 장애인 편의 시설이
열악해 멀리 있는 언니와 조카가
와서 입학, 졸업을 함께 했다

애들 낳을 때 언제 키우지
속으로 걱정이 태산이었는데
이제 내 보호자가 된 기둥이고

친구 같은 딸이 둘이라 좋나

부산이
최고

고향을 떠나고 나서
고향 그리운 줄 알았고
홀몸 종종 찾아가면
마음껏 향수 느끼고 왔다

어느 명절 끝 친구 주선으로
장애인 모임의 옛사람 만나
우리의 인연은 이어지고
새로운 역사 시작되었다

부산 토박이 서울 시민 되어
친정과 시댁 부지런히 오가며

애들 여름 나들이도 부산이니
자연스레 경상도 사투리 벤다

딸들 점점 경상도 사람 되고
바닷가 하면 동해 바닷가요
부산이 최고니
외갓집 같은 아랫녘이 정답다

여름이 오면

결혼을 하니 불편한 몸 둘이
복잡하다고 명절엔 안 와도 된단다

진짜 우리 생각 해주는 건가요?
귀찮다고 그런 건 아니겠지요?

수동 휠체어를 밀어주는
신랑이 보호자로 든든했으며

여름이 오면 한 달 이상 살아도
좋을 것 같은 큰 가방을 쌌다

애들 어릴 때 여름의 부산은

단골 피서지가 되었으며

딸들이 안전하게 놀기에는

송정 바닷가만 한데도 없었다

푸르른 풍경과 반가운 냄새

바다는 온전히 우리 놀이터가 되어

풍덩풍덩 빠져 놀곤 했고

며칠 모래가 따라다녀도 좋았다

역할 놀이

세상에 태어났을 때
대한민국 여자 국민이요

집안의 셋째딸, 동생이자 언니며
장애인 역할까지 얻게 되었다

시간이 흘러 아가에서 청소년
아가씨, 아줌마가 되었고 이제 말년이다

항상 바쁘게 동동거리며 살아온 날
숙제 못 마친 학생처럼 미진한 마음

만족하지 못한 죄송한 마음으로
세월을 보낸 것 같아 아쉬운데

어떤 할머니가 되고 싶은가?
인생 질문을 스스로에게 던지며

남은 생애 많은 사람과
행복할 수 있기를 소망한다

샌드위치 자가용

동글동글 신나는 스쿠터는
나만 사랑하는 날개가 아니고

우리 딸들도 어릴 때 무척
좋아하는 자가용이었다

앞 발판에 한 놈 안고
등 뒤 발판에 한 놈 서면

엄마는 샌드위치 햄이 되어 묻히고
딸들의 신나는 탈 것이 되어 다녔다

이러다 걸어 다니는 것
귀찮아할까 봐 걱정도 했는데

애들 크니 그건 기우였고
나보다 능숙하게 운전을 잘한다

아침 등교

어릴 때 누리지 못한
집을 나서는 등교 시간

애들과 바쁘게 준비하는
늦깎이 엄마 학생은

가방에 든 고등 교과서가
자랑스럽고 사랑스러웠다

아침의 맑은 공기 속에
날마다 변하는 가로수와

올려다본 그날 하늘
표정이 반갑고 아름답다

나를 찾아서

신혼도 구혼이 되어가고
애들도 자라 성인으로 되어갈 때

네 식구 복작복작 부대기다 보면
한 번씩 무인도 같은 곳이 그리워진다

어느 날 생일 선물로 혼자 여행 시작한
그날의 우리집엔 내 이름이 부재중이다

바람 타는 구름처럼 방랑자 되어
전동 스쿠터와 기차를 친구 삼아
발길 닿는 대로 새로움 찾는다

멀리 떠나 있어도 밤이 되면
늦게라도 꼭 돌아오곤 하는데

장애인 이용 가능한 게스트하우스
다양한 숙박시설 살펴서
한달살이 도전도 계획해 본다

관리 대상

장애보다 가난이
끈질기게 따라다녔다

새로운 날 소망이 없어도
동정과 시혜의 대상이 되어
약자의 자리에서 최저로 살면 되는
감사하지만 더 나은 세상을 꿈꿀 수 없었다

못 살아도 당당하게
주어진 복 한번 시원하게 걷어차고
허리띠 졸라매도 마음 편히 살고파

아기가 넘어져도 다시 일어나듯이

힘든 길도 스스로 책임지며

관리 대상에서 벗어나 보고 싶다

아기가 넘어져도 다시 일어나듯이

힘든 길도 스스로 책임지며

관리 대상에서 벗어나 보고 싶다

앞날은
　　조금만 더

문득 돌아봤을 때
살고 있는 위치가 보였다
영구 임대 아파트 십팔 평
어른 네 명이 복작이고

이제까지 잘 참고 살았구나
능력 없고 욕심 없는 남편 만나
마음 비우고 열심히 살았는데
애들이 크니 숨이 막혀

국민임대 업그레이드 꿈 꾸며
조금씩이라도

발전하는 희망을 키워보자
설득했지만 절망을 느낀다

꿈과 비전과 욕망을
꽁꽁 싸매 깊은 곳에 묻고
잘 살아 주었더니
이제껏 잘 살다 늙어 왜 그러냐고?

육십에 반란을 일으켜
앞으로 살고 싶은 대로
살아 보자며 각자 길을 선택
애들 책임지며 "나 아직 살아 있네."

졸혼은
돈 없으면

한때 사회면을 장식한 졸혼
법적인 혼인 관계 유지하며
홀가분하게 따로 사는 것이
매력적으로 다가왔지만
없는 사람에겐 그림의 떡이다

없는 살림에 임대를 찾는데
혼인으로 묶여 있으면
옴짝달싹할 수 없다는 것
살아가는데 필수가 주거라
울며 겨자 먹기로 이혼하며

가족 관계 하루아침 정리 안돼
왔다 갔다라도 할라치면
위장이혼이니 법을 위법했니
사람들 입방아에 오르내리네
없는 것도 설운데 "어쩌라고!"

제 4부

항상 푸른 겨울

창문에 비친 감나무

이사를
##　　　꿈꾸나요

난민촌 같은 작은 방에서
밤마다 이불이 펼쳐지고
빨래가 춤을 춥니다

강아지 토끼처럼 깡총이다
하루가 널부러져 잠들면
마음은 점점 지쳐 갑니다

기다리던 넓은 아파트
드디어 배정받았는네요
기쁨도 잠시

어둡고 좁은 복도
활용 하기 어려운 방 구조에
넋을 놓고 있다가 머리를 짜는데
애들과 의견 대립도 만만치 않아요

남들 다 대출받아
이사 가기에 은행 문턱이
이렇게 높은 줄 몰랐지요

돌고 돌아 적격 판정입니다
지친 마음 다독여
이사 준비합니다

밝은 꽃 축제 한창인데
들썩이는 엉덩이 붙잡고
마음만 기웃거립니다

새집 가기 전
새로운 낙원 또 꿈꾸는

씨앗 하나 가슴에 숨기고

꽃샘추위에도
끝내 꽃 피고 열매 맺듯
희망의 끈 놓지 않습니다

부추꽃

폭염을 동반한 날씨
에어컨 바람에 정화된 몸
찜통으로 퐁당퐁당
열탕과 냉탕이 있는
지구는 지금 큰 목욕탕

해질녘이 되어
오늘의 지친 몸과 마음을
밥상으로 푸짐하게
여름 채소로 채우려
시장으로 발걸음 옮긴다

가지와 풋고추 담다가
귀한 노지 부추를 발견했다
"한 소쿠리 주세요"
봉지로 들어가는 푸른 잎 사이로
하얀 꽃송이 덤으로 들어온다

여름 밤하늘
푸른 들판에 필 별들이
집으로 쫄래쫄래 따라온다
시들은 많은 꽃가지를
양푼의 물로 젖시고

"지금부터는
여기가 너희들 집이란다"
작은 유리병에 꽂으니
내 사랑 눈 맞춤에
하얀 별 무더기로 쏟아진나

감꽃

앞다투어 꽃 피워
열매 키우기 바쁜 봄
늦게 삐죽이 싹을 내는
대기만성!

큰 잎사귀 사이에
강보에 쌓인 아기처럼
노오란 꽃을 피우고
방긋방긋 웃던 너

큰 잎 사이 어린 열매 숨겨
푸른 열매 키우더니

가을 햇살에 살며시
고개 갸웃 내밀었다

수줍은 연정
주홍빛 물감을 풀어
날마다 진한 마음
가지에 주렁주렁 달았고

기와집 한 모퉁이를
지키고 있는 너는
나무에 불붙는
일렁이는 불꽃이다

한국의 혼이요
따뜻한 아랫목의 그리움
추운 겨울을 위한
끼치밥으루 오롯이

따사로운 사랑 꽃 지핀다

비속의
소풍

바쁜 일상에 연락조차
뜸한 그리운 얼굴
만나기 위해 약속했더니

가는 날이 장날이라
축제로 복잡할 거란다
"괜찮아 그곳은 넓으니까"

다시 오는 전화
"그날 비 온대"
"괜찮아! 안 올 수도 있잖아."

새벽 회색빛 하늘 아래
설렘으로 소망을 그리는
마음과 기차는 신났다

가을 풍경 가득한 공원
반가운 얼굴, 피는 미소

따끈한 커피와 유부초밥
우엉 김밥, 초란 과일 등이
정성으로 풍성하게 차려졌다

회색빛 하늘 질투 시작
하나둘 우산을 펼쳐도
노력은 역부족

비속 여행 힘들어도
그저 즐거운 우리
사진에 우산 꽃 피네
회색빛 정원이 화사하다

오월의
　　마술사

초록이 내뿜는 세상은
시리도록 푸르다

꽃보다 긴 시간
청춘으로 익어가며

초록이 오월을 만나면
충만이 넘친다

상쾌한 공기와 시원한 바람은
춤추는 발레리나 되어

푸르른 향기로

물들이는 너는 오월의 마술사

분의 영토

새집으로 이사하니
축하하는 마음이
하나둘 화분으로 모여듭니다
기존 있던 식구와 옹기종기
분의 영토 넓혀지며
푸름과 화사함이 꽃 피어납니다

아름다움 어우러져
한번 볼 것 두 번 보고
마주하는 시간이 늘어납니다
예쁜 주홍빛 제라늄
나날이 풍성해집니다

어느날 제라늄 속에
다른 잎이 보입니다
"풀이야, 뭐야?"
어디서 딸려 온 땅콩이
더부살이 삶에도
기죽지 않고 있었습니다

독립하면 땅콩 하나
만날 수 있을까요?
제라늄도 풍성해
화분 하나에서 세 개로
영토를 확장했습니다
며칠 몸살을 앓던
땅콩이 드디어

새잎을 내밀었습니다

전야제

부지런한 손길과 시간이
들판의 풍경 변신을 꿈꾼다

바람이 시원해지는
여름의 끝 무렵이 오면

그렇게 노래하던 개구리와
매미도 쉼을 찾아 숨어들고

푸르른 들판은 노랗게
빨갛게 물들기 시작한다

보는 것만이라도 좋아
기웃거리며

내 것 아니어도 배부르고
바라만 보아도 흡족하다

수확 기쁨 앞둔 풍요를
전야제로 마음껏 즐긴다

펼쳐질 결실을 두고
가을은 지금 절정이다

나의 미술관

아파트 앞 마당은
아무것도 없는 빈 캔버스
햇살이 바람을 휘휘 돌려
그림을 그려낸다

아름다운 가을 찾아
멀리 가려다 눈 잠시 멈추면
가까운 곳에 펼쳐진 풍경화
베란다 창에 머물면 아!

여기가 나의 미술관
커피 한잔에 자리 잡으면

상설관과 계절 테마관은
항상 바쁘게 움직인다

자고 일어날 때마다
그림 전시 다양하여
오늘은 무슨 그림으로
미술관을 꾸밀까 기대하며

비를 든 남자
새벽을 여는 사람들
오후의 놀이터 등
제목 붙이기도 재밌다

겨울 준비

나뭇잎 곱게 떨어질 때
겨울잠을 준비합니다
낙엽의 화사한 이불
나목의 꿈길 인도하고

하얀 눈에 보호되는
개구리와 매미의 보금자리
풍경화는 추울수록
더 포근히 깊어갑니다

추위 덥혀 줄 땔감
김장 장독 준비하고

메주 쑤어 걸어두면
마음이 풍요로워 집니다

따뜻한 아랫목의 우리를
바라보던 부모님
이보다 큰 행복은
없다 했습니다

이제 바통을 이어받아
추운 겨울 준비합니다
따뜻한 방에서 군고구마 먹으면
그리움이 피어납니다

겨울에 피는 꽃

추위 오락가락 주춤주춤
한파가 곧 올 거라는 소식

미세먼지 날아간 하늘
찬 공기로 세수합니다

더 춥기 전 앙상한
수목원을 찾습니다

맑은 하늘을 지키는
앙상한 가지들

겨울은 완연하게
깊어 가고 있습니다

파란 하늘만 보다가
문득 시선이 머문 곳

지각생처럼 붉은 잎이
빈 가지에서 바람과 놀고

잎새가 땅에 떨어지기 전에
꽃은 아름다운 노래를 부릅니다

파란 여백에 핀 붉은 꽃이여
너를 마음에 담는 순간

그립고 외로운
마음 깊은 곳에서

예쁜 꽃 한 송이
따뜻하게 피어납니다

콩나물시루

두꺼운 책 한번 읽어보자며
함께 모인 작가님들
챕터 별로 한 달에 두 번
줌으로 만났습니다

우주를 보면 아름다움
그리움이 가득한데
수학과 과학 역사까지
머리에 쥐 났습니다

어려워서 기 꺽이고
내용은 방대해서

기억이 가물거려도
끝까지 완주했습니다

읽기 전에 잊어버리고
보고도 안개처럼 흐릿해지지만
모든 곳에 질서가 있다고 믿으며
나름의 질서를 생각했습니다

물 부으면 다 빠져나가도
콩들이 그 샤워로 인해
콩나물로 자라듯이
이 순간이 대견합니다

'코스모스' 덕분에
한 뼘 성장했고
함께 한 콩나물시루기
고마운 오늘입니다

추억의
그림자

어릴 적 내 집이
지도에서 사라졌다

재개발 지역이 되어 건물
올라간단 소식만 듣다가

검색 창에서 주소가 사라져
깊은 상실감에 빠졌다

옛날 기억이 수장되는 느낌에
새벽 기차를 탄다

추석을 앞두고 어린 날의

뿌리를 찾아 헤매니

몇 년 사이 낯선 거리가
눈앞에 펼쳐지며

몇 바퀴를 오락가락
추억이 가물거렸다

몇 집을 뭉그러뜨리고 헐어
우뚝 솟은 새 아파트

벽에다 몰래 추억의 주소
숨겨두고 돌아선다

누런 달
두 덩이

친구 신랑의 소원은

맘껏 농사지으며 사는 것

동생이 마련해준 땅에서

동네 고양이 아빠 되었고

철마다 온갖 씨앗 심어

어느 날부터 피기 시작하였다

하양, 노랑, 보라 꽃 별처럼 피어

고추, 오이, 가지가 찾아왔고

옆집 땅에선 호박이 자라고
함께 두레 품앗이 한단다

베란다에 자리한 늙은 호박 두 개
우리 집 풍경이 되었다

변신은
유죄

겨울이 오는 길목에서
늙은 호박을 손질한다

맑은 물로 목욕재계하니
기대는 침샘을 자극하고

칼집이 몸속 깊숙이 들어오면
분연한 호박 향이 방안을 채운다

기름 두르고 호박전 먼저 시식하면
달큰하며 부드러운 맛 환상이고

큼직하게 썬 호박
솥에서 뜨겁게 뭉그러져

찹쌀가루와 삶은 팥 안고 돌고
뜨거운 향에 단 김 서리면

대접에 노랗게 어우러져
붉은 꽃 점점이 피어난다

한 해의
끝에서

파도가 갈매기가
마음속에서 춤추고
고향의 바다가 그립다

인터넷 편리한 기능 놔두고
망설임 없이 서울역에서
직접 표를 끊는다

"부산 왕복으로 주세요!"
새벽에 출발하여
밤에 돌아와도 괜찮아

노란 모래 하얀 파도
볼 수 있다면 서울의 하루
부재중이라도 좋으리

기대하는 두근거림
꿈으로 채울 수 있으니
기쁨은 포자 되어 하늘을 날고

희망과 꿈 안고
아름다운 태양 하나
새해도 오기 전 두둥실 뜬다

주홍 불꽃

가을 되면
기다림을 마음에 묻고
날마다 진하게
주홍빛으로 익어갑니다

감나무 많은 친구네서
가져오고 택배 배송받으며
시골 감을 공유 하는 일이
그것을 먹는 즐거움보다 컸습니다

하나둘 사라지는 모습을
아쉬워할 때 딸래미

잘 익고 탐스러운 대봉감
박스로 들고 왔습니다

익는 속도가 너무 빨라
즐기지 못해 아쉽다고
가장 덜 익은 것으로
또 한 박스 가져왔습니다

며칠을 두어도
익을 생각이 없어
부엌 벽에 불꽃 쌓아
난로 만들었습니다

아끼며 보며 즐기며
간식으로 먹을 날
기다렸지만 좀처럼
익을 기미가 없고

날마다 눈 맞춤 하며

조금 붉어진 것 같다고

느낄 때마다 굴비처럼

바라보며 자린고비가 되었습니다

조금 붉어진 것 같다고

바라보며 자린고비가 되었습니다

　이순애 시인은 언제나 시 속에 삶의 작은 풍경을 일상과 계절의 언어로 따뜻하게 담아낸다. 써 내려간 부추꽃 속에 숨어든 별빛, 비 내리는 날의 소풍, 화분 속에 자라나는 땅콩의 용기 등 보통의 하루 속에서 작은 순간을 포착해 생의 울림으로 다가오게 한다.

　이 시집은 계절의 변화나 생활의 순간을 묘사하는 것을 넘어 그 내면에 깃든 소소하지만 찬란한 감정을 섬세하게 펼치고 현실적인 고민과 그 속에서도 꺾이지 않는 삶의 의지가 있다.

　언제 읽어도 마음이 환해지는 글, 바쁜 일상에 놓치기 쉬운 소중한 감정들을 다시 떠올리게 해주는 언어들로 가득하다. 시인의 따스한 시선을 따라가다 보면 오늘 하루도 조금 더 아름답게 느껴질 것 같다.

보리수아래 대표 최명숙

사계를 품은 봄

시인의 삶은 푸른 봄날 같다. 몽땅 연필로 풀어 씬 시인의 일생 딸, 장애, 방과 마루 그리고 마당 위로 훌쩍 넘은 상상과 도전 그리고 부딪힘의 세계는 봄도 봄, 여름도 봄, 가을도 봄, 겨울도 봄이다. 봄이다. 땅을 뚫고 솟구치는 생명의 힘 단단한 장애의 땅을 뚫고 띄운 싹은 힘찬 가녀림 검은 술의 시선, 분홍이의 음식, 연탄 같은 손길로 키운 봄이다. 아픔과 부정의 심술궂은 바람을 견딘 봄이다.

시인의 시가 낸 길은 시인의 손금. 부산에서 서울로 시장에서 임대 주택으로 하나가 둘이 되고 둘이 넷이 되고. 시인의 낸 길은 가끔은 막다른 길. 가끔은 가지 못한 갈래 길. 그 끝에 받게 될 졸업장.

다시 봄, 봄날의 졸업식. 졸업장에 남게 될 글. 그 한 자를 찾아 시인은 푸른빛으로 오늘을 살아갈 것이다.

이선희

초록이 아름다운 계절에 부산추모공원의 작은 한 칸, 조그만 항아리에 담겨 갇혀 있던 엄마를 마음에서 보냅니다.

평생을 천리나 만리나 자유를 찾아 훌훌 가고 싶다던 평생의 한을 지금에라도 넓은 세계로 마음껏 가시라고 기도했습니다.

사람은 과연 얼마나 자기가 원하는 삶을 살아갈까요?

어릴 때 자유를 갈망하고, 때를 기다리고 있으면서 집이라는 작은 공간에서 보는 자연과 어쩌다 밖에 나갈 기회가 있으면 보이는 자연이 어린 눈에 그렇게 아름다울 수 없었지요.

열악한 환경 속에서도 철학과 사랑을 잃지 않으려고 노력한 마음이 살아가는 밑거름이 된 오늘을 감사하며 삶을 스스로 결정하고 책임지는 성숙이 참 행복이며 보람입니다.

항상 사랑과 때에 순응하는 자연을 보고 겸손하게 마음을 추스르며 자유의 세계에서 동그라미 바퀴로 만난 오토바이, 전동 스쿠터, 휠체어는 물고기가 물을 만난 것처럼 신났습니다.

사랑이 충만하며 행복한 사람이 많아지는 아름다운 세상을 꿈꾸어 봅니다.

한국장애인문화예술원 주최 창작 지원 사업에 참여할 수 있어 참으로 기쁘고 감사드리며 '리아엔제시' 출판사 안지민 대표님과 함께한 시간 행복입니다.

푸른 감꽃

1판 1쇄 인쇄　　2025년 6월 5일
1판 1쇄 발행　　2025년 6월 18일

글　　　　초로기마
펴낸이　　안지민
펴낸 곳　　리아앤제시
디자인　　서승연
표지그림　김가영
출판등록　제2021-00049호
주소　　　부천시 부천로 198번길 18
팩스　　　0504-495-0987
이메일　　lianjesse@naver.com
블로그　　blog.naver.com/lianjesse
인스타　　@lianjesse_publisher

ISBN　　　979-11-977024-8-8

이 책은 2025년 '장애예술 활성화 지원사업' 선정작입니다.

우리 작가
우리 이야기
독자를 잇는 리아앤제시

보라 <안다은>

구름새우 <한정민>

냉동참치 <김태은>

반경2km <박정해>

15days <안지민>

나는 오늘 시를 쓴다 <이영라>

작가의 이야기를 기다립니다.
함께 성장하는 문화 예술을 출판합니다.